시가 나를 안아준다

시가
나를
안아준다

잠들기 전
시 한 편,
베갯머리 시

Pillow
Poems

신현림
엮음

판미동

머리말

좋은 시들이 나를 깊고 따스한 길로 이끌었다

나는 이 시간이면 종종 창가를 서성인다. 유리창에 물든 노을이 금세 검푸른 빛으로 바뀐다. 문득 내가 살아서 여기까지 왔구나, 하고는 놀라워한다. 그 놀라움 속에 기쁘고 슬픈 감정이 뒤섞인다. 성실히 살아도 늘 아쉬운 하루다. 나는 미사를 보기 위해 카페를 나섰다. 성당을 오르다 어느 지하 상점의 주홍빛 벽에 걸린 플래카드를 바라보았다. 거기 쓰인 마더 테레사의 글이 오래 내 마음을 놓아주지 않았다.

> 우리의 가난한 이웃들은 내일이면
> 이미 죽은 자가 되어 있을지도
> 모릅니다. 그들에게 빵 한 조각과
> 물 한 잔이 필요한 건 오늘입니다.

가슴이 먹먹했다. 내일 죽을지도 모르는 가난한 이들에게 힘이 되어주는 나눔의 삶이 절실한 시대다. 깊은 성찰 없이 다들 성공 신화를 향해서만 몰려가는 시대에, 자기만 아는 삶은 답답하다. 우리가 어디서 빵과 물 한 잔을 나누는 마음을 찾을 수 있을까. 아주 사소한 날씨 변화에조차 우리는 마음이 민감해져 갈 길을 잃어버린다. 누구나 인생에서 나만의 도로표지판을 만들어가는 일로 고민한다. 나눔에 대한 깨달음은 영혼의 성장에서 온다. 어렵게들 생각하는 일상 속에서의 영성은 자신의 참모습으로 돌아가는 일이다. 이 뜻은 사람과 사람 사이에서의 자기방어와 변명, 시샘과 질투, 지나친 경쟁심에 에너지를 빼앗기지 않고, 있는 그대로 자기를 편안히 놓아주는 것이다.

우리가 잃어버린 영혼의 성장은 공부와 신앙을 통해서 얻어진다. 나는 그렇다고 믿는다. 그리고 자연에서든 책에서든 뭐든 가능하겠다. 내 마음의 도로표지판은 시였다. 신성함이 무너진 시대에 생활에서 잃어버린 영성을 되찾으려면 시가 절실히 필요하다. 좋은 시들이 지금까지 나를 깊고 따스한 길로 이끌었다. 그리고 힘들고, 외로울 때마다 나를 안아주었다.

나는 한때 죽음에 가닿았을 만큼 심각한 불면증을 앓았다. 정신과 의사인 남동생은 불면증이 우울증에서 온다고 했다. 우울증과 불면증에 시달리다 죽음 속으로 자신을 던진 사람들은 참으로 많다. 그들이 그때 시를 읽지 않아서가 아닐까. 내게는 시가 약이었다. 시가 내 고단한 삶을 어루만져주었다. 또한 탐구하고 시를 쓰면서 인생의 많은 시련을 이겨낼 수 있었다. 많이 헤매었으나, 신앙생활과 더불어 시와 살면서 외롭고 불안한 나로부터 벗어났다.

우리는 매일 밤 잠들고 아침에 새로 태어난다. 자기 전에 하루를 돌아보며 다음 날을 위해 기도하듯이, 시를 읽으면 된다. 잠들기 전 읽는 시 한 줄에 잔잔한 물가를 보듯 마음이 편안해질 것이다. 시가 나를 안아주니 얼마나 부드러운지, 부드럽고 따끈해진 내가 얼마나 좋아지는지. 시를 읽으며 하루를 정리하고 자신을 되돌아보며, 나도 모르는 사이 조금씩 영혼도 성숙할 것이다. 사과꽃이 사과알로 자라듯이, 그렇게 신비롭게, 기특하게. 어떻든 인생의 시련과 외로움을 잘 이겨내, 조금이라도 더 지혜롭고 아름다운 자신이 될 것이다.

'일상과 잠과 영성과 시'의 공통점은 '나 자신'을 발견하는 일이다. 그리고 내 영혼을 성장시키는 일이다. 잠들기 전 베갯머리 시 하나로 매일 밤 내가 자유로워지길, 그리고 조금 더 본래의 자신에 가까워지길 빈다. 그리고 성숙해진 마음이 누군가를 따스히 어루만지는 사랑으로 나아가길 기도한다.

거듭 시를 고르고, 이미지 찾아 잇는 일에 참으로 고민이 컸다.

폴 고갱의 영향을 받고, 추상과 비구상 미술 발전의 바탕이 되었던 나비파 그림들을 중심으로 파울 클레, 앙리 마르탱의 작품을 주로 다루었다. 이 베갯머리 시가 영혼의 도로표지판이 되면 좋겠다. 그리하여 당신이 오늘을 잘 살아내면 참 고마울 것이다. 이 책을 만들면서 쓰게 된 내 시 한 편을 성서 위에, 그리고 사랑하는 이들과 딸 서윤이 곁에 놓아두겠다. 「사랑밥을 끓이며」를.

내 눈물은 빚더미 속에서 사는 법을 배운다
내 발은 사막을 건너는 법을 익히고
내 길은 무엇을 잘못했나 살핀다

내 생의 반은
실수와 부끄러움으로 얼룩졌다
꿀이 흐르는 길을 잃고
일만 하느라 사랑도 잃고
나는 살아도 산 게 아니었다
내 손은 뒤늦게
일으켜세우는 법을 익히고
어두운 몸에, 새 봄을 지피고 있다
혼자여도 쓸쓸하지 않고

함께라면 누구도 부럽지 않게

꿈의 아궁이에 해를 넣고

사랑밥을 끓이고 싶다

내 마지막 사랑과 밥

당신들에게 다 나누어주겠다

누구에게나 사랑밥을 끓이기 위해서는 쉴 시간이 필요하다. 그 때 음악을 듣고, 책과 시 읽는 시간을 내시면 좋겠다. 아무리 바빠도 자기 혼자만의 시간을 꼭 가지기를 바란다. 남에게 사랑을 주는 힘은, 고독한 시간에서 온다.

현대 사회에서 인정받고 찬사를 받으려는 노력이 지나쳐 속물주의가 판을 치는 기분이다. 이런 시대엔 누구나 힘들다. 잠시 멈춰보라. 베갯머리 시로 푹 누워 쉬시고, 안심하시라. 인생은 끝없이 자기를 내려놓는 일이다. 내려놓아야만 세상의 때를 벗은 순수한 자신을 만난다. 그 안에서 자신의 사랑관도 돌아보면 어떨지.

매일 밤 시를 읽으며 배타적이고 소유지향적인 속세의 사랑관에서 자유로워지시라. 깊은 휴식 속에서 자신을 잘 들여다보고 살펴볼 시간을 가지시라. 당신이 정말 행복하면 좋겠다. 외롭고 힘들 때 이 책이 당신을 꼭 끌어안아줄 수 있으리라 믿는다. 그 포옹으로 깊이 잠들고, 다음 날 다시 태어나는 기쁨을 만나기를 기도한다.

신현림

밤

고독한 시간이 없으면
시간의 의미를 이해할 수 없다.
시간의 의미를 이해하지 못한다면
인간의 의미도 이해할 수 없다.

— 수잔나 타마로

당신이 다른 사람을 위해 할 수 있는 최선은
그와 삶을 공정하게 나누는 것만이 아니라
그의 고유한 것을 인정해주는 것도 포함된다.

— 디즈레온리

당신은 하루 내내 고단했다. 옷을 벗고 근심까지 모두 풀어두라. 몸을 누이고 불을 다 끄고 잠시 쉬라. 우리의 여린 속내까지 보여줄 수 있는 곳. 자신을 다 드러내도 다치지 않는 곳이 침대였다. 침대에서는 홀로 있더라도 속내로 흘러드는 시는 달고, 사색적이다. 내일은 조금 더 나아갈 힘을 얻을 것이다. 비와 눈이 내리고, 바람 불거나 꽃이 피거나 우리는 계절을 타면서 얼마나 자신을 잘 표현하고 싶은지 모른다. 또한 저마다 가까운 이를 얼마나 찾고 있으며 가슴을 다 터놓고 얘길 나누고 싶은가. 그렇게 누군가 자신을 붙잡아주거나 자신이 붙잡을 무언가를 원한다. 마음을 다독여줄 것들을 찾아 뒤척이고, 치유와 성장은 어수선한 가운데 펼쳐진다.

당신은 누워 시집들을 펼쳐든다. 밤에만 보이는 꽃과 나무, 바람의 정령들과 친구가 되는 시간이다. 자신이 구하는 시를 만나, 어지러운 감정과 서글픈 충동 속에서 고요와 위로를 받는다. 시 한 줄씩 읽어내려 가면서 마음도 몸도 조금씩 가벼워짐을 느낀다. 비로소 말랑해지는 것 같다. 그 안에 아주 오래된 사랑이 있다.

사람의 본성은 쾌락, 권력, 삶의 뜻, 창조욕구, 안전으로 향한다.

그러면서 우리는 참된 마음을 추구한다. 시들은 그 진심을 구하고 잃어버린 것들을 살피면서, 치유의 안내자가 될 것이다.

비로소 몸과 마음을 쉬게 도와줄 것이다.

나를 낮추고 감사할 때, 더 많은 축복이 내리는 시간.

혼자여도 혼자가 아닌 시간.

밤

고이케 마사요

"상상력은 놀랍게도 상처에서 나올 때가 있습니다."
그렇게 말한 사람의 어깨 너머로
새가 날아오르고
가느다란 나뭇가지가
불안정하게
흔들리고 있었다

"라이브 가수로서, 얼마만큼 팬들을 배반하게 될까요.
실패로 끝나면 단순한 배반
잘되면 전보다 더 강한 감동을 줄 수도 있겠지요."
그렇게 말하는 가수의 등 뒤 창문에
차가운 비가 부딪치고 있었다

"흰 종이가 넘어가지 않게 네 귀퉁이를 작은 돌로

누르고 있는 꿈을 꾸었어요. '영혼을 가라앉혀라'
라는 소리가 종이에서 솟아올랐어요."
그녀의 배후에는
페르메이르의 그림이
약간 기울어진 채 걸려 있었다

그때, 문득 돌아보았던 시선 끝에는
그들의 말과 결코 만나지지 않을
띠 모양의 시간이 평행으로 흐르고 있었다
표현되어 나온 말 뒤에서
조용히 방심하고 있던 세계

흔들리는 나뭇가지
차가운 비
기울어진 그림

돌아보지 않은 등 뒤로
얼마나 많은 풍경들이 흘러갔을까

나를 반사판으로 하여
언어는 되돌아갔다
말한 사람이 모르는
배후의 세계로

하나의 어긋남
하나의 착각

아주 작은 시선의 각도로
갑자기 무너지고
교착하고
서로 섞이는 세계
반세계

돌아보지 마라

내 등 뒤에

폭포가 떨어져내리고 있다

사람도.

밤

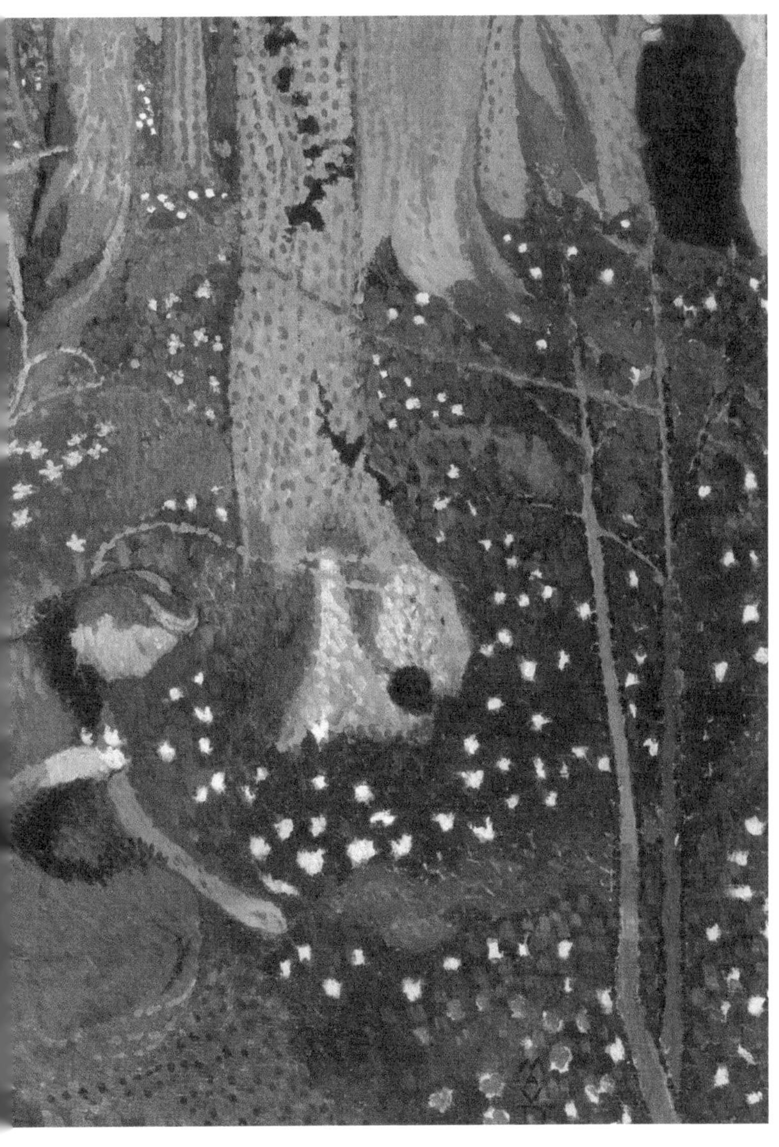

Maurice Denis — April

밤 속에서

앙리 미쇼

밤 속에서
밤 속에서
나는 밤과 한 몸이 된다.
끝없는 밤
밤
나의 밤, 아름다운, 나의 밤.

밤
탄생의 밤
내 외침으로
내 이삭들로
나를 가득 채우는 밤
나를 침략하고
넘실거리는
사방으로 넘실거리며,
짙게 피어오르는

소리 죽여 웃는 너는
밤.

누워 있는 밤, 냉혹한 밤.
그리고 밤의 악단, 밤의 해안
저 높은 곳, 도처의 해안
그 해안은 마시고, 그 무게는 제왕,
모든 것은 그 아래 무릎 꿇는다.

그 아래, 실오라기보다도 더 가는
밤 아래
밤.

밤이 쓸쓸해

오가다 가메노스케

잠이 오지 않아서 밤이 깊어진다.

나는 전등불을 켜놓은 채
천장만 쳐다보며 누워 있다.

전차 소리가 멀리서 들려오면
밤은
실처럼 가늘어지고
그 실 끝에 전차가 매달려 대롱거린다.

Maurice Denis — Frontispiece to the album Amour

달밤

요제프 아이헨도르프

하늘과 땅이
조용히 입 맞추니
피어나는 꽃잎 속에 땅이
하늘의 꿈을 꾸는 듯했어.

바람은 들판을 가로질러 불어가고
이삭들은 부드럽게 물결치고
숲은 나직하게 출렁거리고
밤하늘엔 별이 가득했어.

나의 영혼은
넓게 날개를 펼치고
조용한 시골 들녘으로 날아갔어,
집으로 날아가듯.

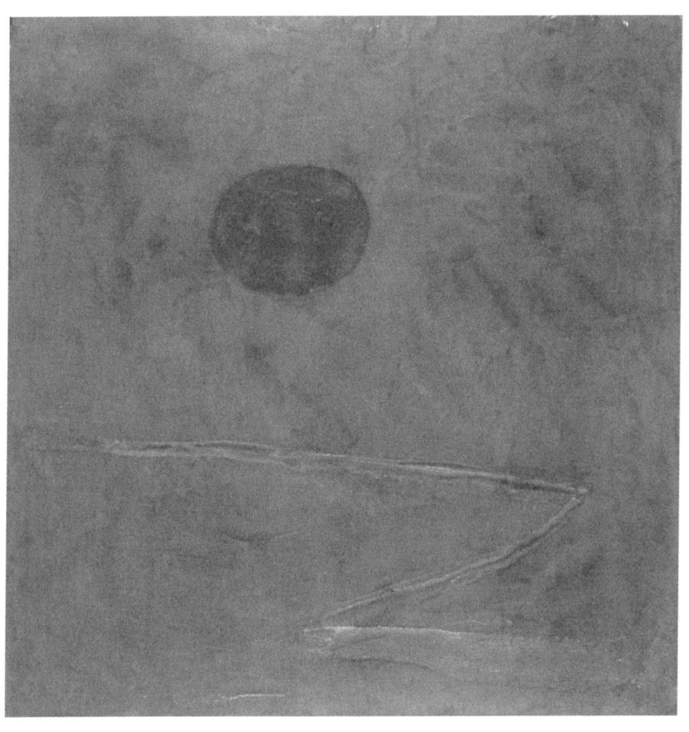

한밤중

장쌔땅

깜깜한 밤하늘에

별

별

별

별

달

별

별

별

별

땅 위의 모두는 고요히 잠들고

풀벌레 소리만 이따금 들리네

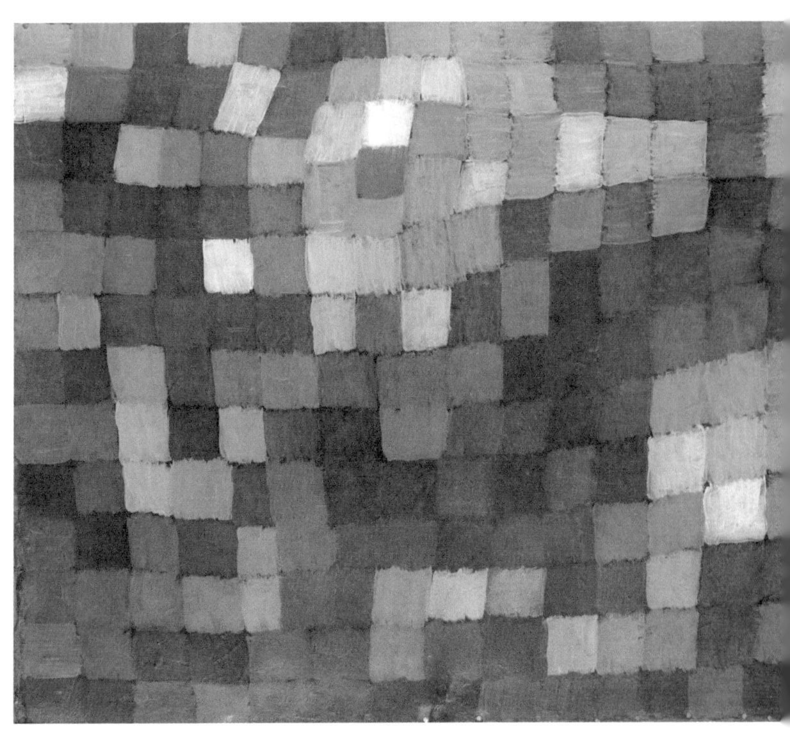

자장가

클레멘스 브렌타노

불러라, 가만, 가만, 가만히
속삭이듯, 자장가를 불러라.
하늘 위 말없이 흘러가는
저 달의 노래를 배우듯.

달콤하고 부드러운 노래
자갈돌 위를 흐르는 샘물처럼
보리수 주위를 도는 벌들처럼
윙윙, 소곤소곤, 졸졸.

Paul Klee — Animal Friendship

무릎

정호승

너도 무릎을 꿇고 나서야 비로소
사랑이 되었느냐
너도 무릎을 꿇어야만
걸을 수 있다는 것을 아는 데에
평생이 걸렸느냐
차디찬 바닥에
스스로 무릎을 꿇었을 때가 일어설 때이다
무릎을 꿇고
먼 산을 바라볼 때가 길 떠날 때이다
낙타도 먼 길을 가기 위해서는
먼저 무릎을 꿇고 사막을 바라본다
낙타도 사막의 길을 가다가
밤이 깊으면
먼저 무릎을 꿇고
찬란한 별들을 바라본다

Edouard Vuillard — Mending a Stocking

밤에게 주는 시

미켈란젤로 부오나로티

오오, 밤. 즐거운 시간이여. 어두우면서도
모든 일이 끝맺을 때 고요함을 안겨준다.
그대를 예찬하는 자는 잘 보고 잘 이해하는 사람
그대를 우러르는 자는 완전한 예지를 지녔다.

그대에겐 습기 찬 그늘과 고요함이 감돈다.
피곤한 생각을 끊어버린 꿈은
이 천박한 지상에서 다다르려던
높은 하늘로 우리를 이끌어준다.

오오, 영혼과 마음을 망가뜨리는
그 모든 것을 거부하며 막아선 죽음의 그늘이여,
가련함에 잠긴 그대는
최후의 가장 좋은 약이니

우리네 병든 육체를 말끔히 낫게 하고
눈물을 씻어주며,
참된 하루를 보낸 이에게서
온갖 피곤과 분노와 슬픔을 씻어내린다.

Maurice Denis — The Meeting

야생의 삶

웬델 베리

세상에 대한 절망이 싹틀 때
나와 내 아이들의 삶이
어떻게 될까 하는 두려움에
한밤중
아주 작은 소리에도 잠에서 깰 때

나는 아름다운 오리가 쉬고 있는
왜가리가 먹이를 먹고 있는
물가로 가서 몸을 누인다

미래에 대한 걱정으로
부담을 주지 않는
야생의 삶 속에서 평온을 얻는다

나는 지금 물의 고요를 본다
그리고 머리 위로,

낮에는 보이지 않던 많은 별들이
빛나고 있음을 느낀다

내가 세상의 매력에 빠져
자유롭게 쉬고 있는 동안에

눈이 내릴 것 같다

프랑시스 잠

며칠 안에 눈이 내릴 것 같다.
난로 옆에서 나는 떠올린다,
작년에 있었던 슬픈 일을.
왜 그러느냐고 누군가 묻는다면,
나는 대답할 것이다, 그냥 놔두세요.
아무것도 아닙니다.

작년엔 내 방에서 생각에 파묻혔다.
밖에는 무거운 눈이 내리고 있던 때.
지금도 그때처럼 물부리 달린
나무 파이프를 피우고 있다.
내 오래된 떡갈나무 서랍장은
언제나 좋은 냄새가 난다.
그러나 나는 어리석었다,
우리를 둘러싼 것들이 변하지 않음에도
그저 밀어내고 싶다는 생각만 할 뿐.

도대체 왜 우리는 생각하고 말하는 것일까?
이상하다, 눈물과 입맞춤엔 말이 없지만
그 의미를 우리는 잘 안다.
친구의 발소리가 다정한 말보다 더욱 정겹게 느껴지듯.

사람은 별에도 이름을 붙여주었다.
별들은 이름이 없어도 되건만.
어둠 속을 지나는 아름다운 행성도
부끄러워 모습을 보이는 것은 아니다.

그리고 지금, 작년에 파묻혔던 내 오래된 슬픔은
어디로 갔는가. 이젠 생각도 나지 않지만,
나는 말할 것이다, 그냥 놔두세요.
아무것도 아닙니다.
누군가 내 방에 와서
왜 그러느냐 물어와도.

강에 뜬 달

강희맹

강에 뜬 달을 지팡이로 툭 치니
물결 따라 달 그림자 조각조각 흩어지네.
어라, 달이 다 부서져버렸나?
팔을 뻗어 달 조각을 만져보려 하였네.
물에 비친 달은 본래 비어 있는 달이라
우습구나, 너는 지금 헛것을 보는 게야.
물결이 잠들면 달은 다시 둥글어지고
품었던 네 의심도 절로 사라지리.
긴 휘파람 소리 하늘은 아득한데
소나무 늙은 등걸 비스듬히 누워 있네.

Paul Klee —Fire at Full Moon

왼손

도종환

말 없는 왼손으로
쓰러진 오른손을 가만히 잡아주며
잠드는 밤

오늘도 애썼다고
가파른 순간순간을
잘 건너왔다고

제 손으로
지그시 잡아주는
적막한 밤

어둠속에서
눈물 한방울이 깜빡깜빡
그걸 지켜보는 밤

Edvard Munch — Woman looking in the Mirror

떠도는 자의 노래

신경림

외진 별정우체국에 무엇인가를 놓고 온 것 같다
어느 삭막한 간이역에 누군가를
버리고 온 것 같다
그래서 나는 문득 일어나 기차를 타고 가서는
눈이 펑펑 쏟아지는 좁은 골목을 서성이고
쓰레기들이 지저분하게 널린
저잣거리도 기웃댄다
놓고 온 것을 찾겠다고

아니, 이미 이 세상에 오기 전 저 세상 끝에
무엇인가를 나는 놓고 왔는지도 모른다
쓸쓸한 나룻가에 누군가를
버리고 왔는지도 모른다
저 세상에 가서도 다시 이 세상에
버리고 간 것을 찾겠다고
헤매고 다닐는지도 모른다

William Degouve de Nuncques — Snowy Landscape with a Barge

비

레이먼드 카버

아침에 눈을 떴을 때
이대로 온종일 침대에 누워
책을 읽고 싶다는 생각에 사로잡혔다
잠시 그 갈망과 싸웠다

창밖을 보니 비가 내리고 있었다
나를 내려놓았다,
비 내리는 아침에
나를 온전히 맡기기로

이 삶을 다시 또 살게 될까?
용서 못 할 실수들을
똑같이 반복하게 될까?
그렇다, 확률은 반반이다
그렇다

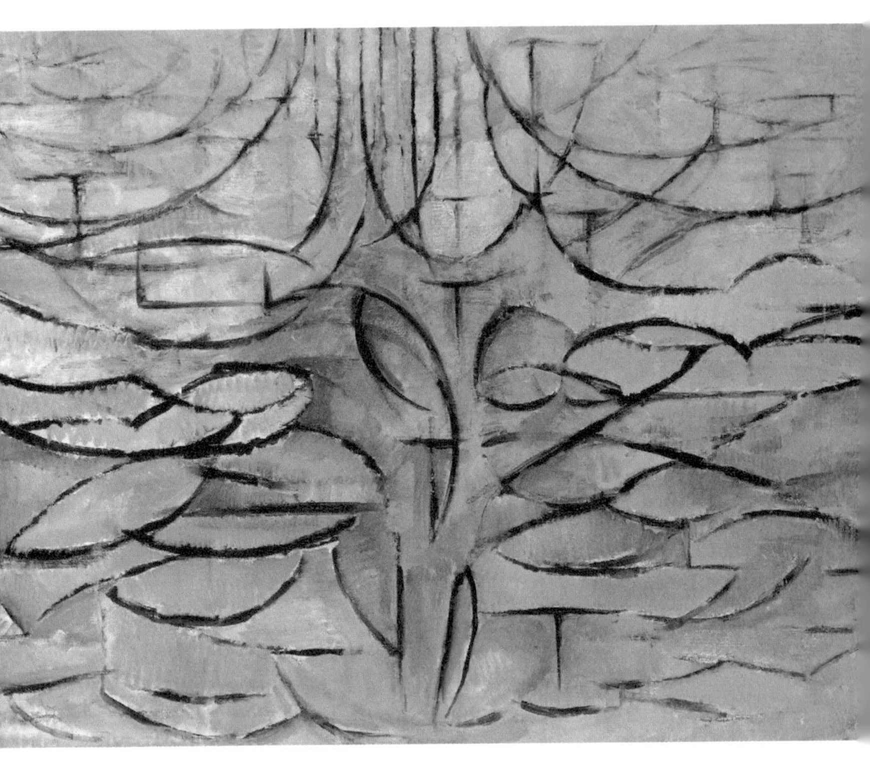

비가 내린다

기욤 아폴리네르

기억에서도 사라진 듯한 여인들의 목소리로 비가 내린다

비는 내 인생의 놀라운

만남들처럼 내리고 있다

오 빗방울들이여,

성난 구름이 청각의 도시들을 뒤흔들며 우르릉댄다

들어보라 회한과 환멸이 옛 음악에 맞춰 흐느껴 우는 듯한 빗소리를

그대를 묶어놓는 인연의 끈이 하늘에서 내려오는 소리를 들으라

거룩한 갈망

요한 볼프강 괴테

모르는 이에게는 말하지 말라
세상 사람은 당장 조롱하고 말리니
나는 진정으로 살고 싶어하며
불꽃 속에 열렬히 죽기를 찬미한다

그대가 낳고 그대를 낳았던 밤이
사랑을 나누던 물결 속에서
말없이 타는 촛불을 보면
신비한 기운이 그대를 덮쳐오리

더 이상 내리누르는 어둠에 매이지 않고
더 높은 사랑의 갈망이 그대를 끌어올린다

먼 길이 그대에겐 힘들지 않다
그대 마술처럼 날개 달고 와서
빛에 홀린 나비처럼

끝내 불꽃 속으로 사라진다

죽음이 성장임을 알지 못한다면, 그대는
어두운 세상의 고달픈 길손에 지나지 않으리

작은 술집

빈센트 밀레이

높은 언덕 꼭대기 밑에서
나는 작은 술집을 하리라.
회색 눈을 가진 이들이
그곳에 앉아 쉴 수 있도록.

먹을 것과 마실 것은 충분하다.
어쩌다 그 언덕으로 올라오는
회색 눈을 가진 이들의
추위를 녹여주리라.

나그네는 푹 잠들어
여행의 끝을 꿈꿀 것이고,
한밤중에 일어난 나는
사그라지는 장작불을 손보리라.

Victor Charreton — Snow-covered Landscape

고독

자기 자신과 잘 지내지 못하는 사람이
어떻게 다른 사람과 잘 지내겠는가.
자기 자신을 잃어버린 사람이 어떻게
온전한 사람일 수 있는가.
자기 자신과 함께 있다는 것은
움켜쥐고 있던 것을 내려놓는 것,
침묵하는 것, 귀를 기울이는 것을 뜻한다.

— 베네딕토 교황

인간은 사회에서 어떠한 사물을

배울 수 있을 것이다.

그러나 영감은 오직 고독에서 얻을 수 있다.

당신이 하는 것,

꿈꾸는 것은 모두 이룰 수 있으니,

지금 시작하라!

— 괴테

작은 방이 광야처럼 넓고 쓸쓸할 때가 있다. 주황빛 불빛은 쓸쓸히 타고, 이불만이 당신을 안아준다. 당신은 홀로 있다. 외로운 자신이 누군가로부터 얼마나 이해받고 싶은가. 때때로 수치심과 시간낭비만 했다는 자책감에 극도의 외로움에 빠지기도 한다. 그 외로움과 고통, 죽음은 모두 피할 수가 없다. 그 피할 수 없는 외로움을 햇볕 가득한 쪽으로 놓아두라. 외로운 시간은 자신을 아는 가장 좋은 시간이다. 자신이 무얼 좋아하고 꿈꾸는지. 무얼 두려워하는지 깨닫는 시간이다. 자신을 죽이고 살리는 게 무언지 고요히 성찰하는 시간이다. 또한 살아서 무얼 해야 할지 인생 목표를 정하는 시간이다.

고독이 고난만큼이나 인생을 바꾼다는 사실을 우리는 곧잘 잊는다. 위대한 예술가나 정신적 스승들은 많은 시간을 혼자 지냈다. 여기서 고독은 저주가 아닌 은총이다. 위대한 예술가가 아니라도 내가 원하는 꿈을 이루려면 고독해야 한다. 격려, 칭찬에 목마른 만큼 고독한 시간은 소중하다. 그 속에서 자신의 꿈을 일구어갈 수 있다. SNS 등에서 사람들과 교류하는 일이

일상화된 만큼 혼자 있는 시간을 반드시 내야만 한다. 누군가를 이해할 수 있는 너그러움, 섬세한 여러 가지 느낌들, 잃어버린 것들에 대한 아쉬움과 새로운 발견과 깨달음과 각성, 결심, 일의 순서 매김 등은 모두 고독 속에서 생긴다. 고독이 무거워지면 괴롭고 도망치고 싶지만, 결심해서 얻은 고독은 약이고, 선물이다. 피하지 말고, 고독의 이불 속으로 푹 잠겨보라.
책을 읽거나 시에 빠져들면 이 전쟁 같은 시대를 살아가는 힘을 얻을 수 있으리라. 자신의 삶에 조금만 엄격하게 중심과 약속을 정하면 고독이 조금은 쉽고, 편해진다. 그 고독 속에서 자신의 영혼을 살피고 아름다움을 보고 느끼는 힘까지 키워진다.

깊은 계곡

인디언의 노래

내가 걸어가는 길은
깊은 계곡이 있는 곳에서 끝난다
그 이상은 알지 못하고
나는 주저앉아 절망한다

계곡 위로 새가 날아오르면
새가 되길 원한다
절벽 저편에 꽃이 피어나면
꽃이 되길 원한다
하늘 위를 구름이 떠가면
구름이 되길 원한다

자신을 잊는다
심장이 가벼워진다
마치 깃털처럼
데이지 꽃처럼 부드럽게

하늘처럼 후련하게

눈을 들면 계곡은
한 번에 뛰어 건널 시간과 영원 사이일 뿐

마음을 굳게 먹고

파블로 네루다

이 황혼마저 우리는 놓쳤습니다
푸른 밤이 세상에 내릴 때
오늘 저녁 손을 잡은 우릴 본 사람은 없습니다

창밖으로 보았습니다
먼 산으로 지는 석양의 축제를

때로는 태양이 한 조각
손가락 사이의 동전처럼 불탔습니다

당신도 아는 내 슬픔 속에서
마음 굳게 먹고 당신을 떠올렸습니다

그때 당신은 어디 있었나요?
다른 이도 있었나요?
무슨 말을 했나요?

슬프게도 당신이 멀리 있다고 느껴질 때
왜 갑자기 사랑이 온통 나를 사로잡는지요?

늘 황혼 속에 지니던 책도 떨어뜨렸고
내 슬픈 망토는 상처 입은 개처럼
발치로 떨어졌습니다

언제나, 언제나 당신은 저녁 사이로 사라집니다
황혼의 그림자에 누워 있는 동상들 너머로

기억은 어항이 아니라서

신현림

기억은 어항이 아니라서
어항이 되어 사랑의 역사를 담고 싶어해
세상에 사랑 주며 떠난 사람들의 역사를

어디에서 왔는지 묻지 않기에
어디로 가는지도 모르는 이들이 느는 시대에
우리가 물고기인지 사람인지도 잘 모르는 시간에
다치지 않고, 아프지 않으려고
쉽게 만나고 쉽게 헤어지는 시간에

죽은 지 33년이 지나도 그 아들과 사는 어머니
헤어진 지 3년이 지나도 그 애인과 사는 사내
죽은 남편 따라 무덤의 제비꽃으로 핀 아내
사랑하는 이들을 가슴에 다 담지 못해
죽어서도 그의 은어떼를 품고 싶어해
기억은 어항이 아니라서

어항이 되고 싶어

정든 추억을 품고 싶어

흔들리고 싶어

천천히

모빌처럼

Maurice Wagemans — Woman with Child on the Beach

정화

웬델 베리

봄이 시작되면 나는
대지에 구멍을 팝니다.
겨울 동안 모아온 것들을 넣습니다.
종이 뭉치들, 다시 읽고 싶지 않은 페이지들,
쓸모없는 단어들, 파편들,
실수들을 넣습니다.
헛간에 있던 것들도
그 안에 넣습니다.
햇빛과 땅의 기운,
지나온 여정의 흔적들을.

하늘과 바람에게, 그리고
충직한 나무들에게 나는 고백합니다,
나의 죄들을.
나에게 주어진 행운을 생각하면
나는 충분히 행복해하지 않았습니다.

너무 많은 소음을 들었습니다.
경이로움에 무관심하고
칭찬을 갈망하였습니다.

그런 후 나는
몸과 마음의 쓰레기들 위로 구멍을 덮었습니다.
어둠의 문을 닫으니,
죽음 없는 영원한 대지,
그 아래에서
낡은 것이 새것으로 피어납니다.

풀과 물고기

고형렬

풀로 돌아가고 싶어
풀로 돌아오고 싶어

바람이 불고 싶어 풀에 불어가는
풀에 닿아
떠나지 않는 바람결의 그는
없는 나이고 싶어

태초의 풀의 눈과 바람의 눈

저 태양의 설원의 눈 밑에서
배를 반짝이며 등을 붙이는
풀들이, 물고기들이

늦은 시대에 그대 등에 배를 대고
잠을 청해

하나의 인생은 그 풀줄기를

뒤따라간다

서로 스며 생이 되고

서로 스며 죽음이 되며

Edouard Vuillard — Garden at Vaucresson

영혼의 무게

외르크 파우저

오늘 아침 베를린에서 온 편지를
여자 친구가 전해 주었다.
미국의 과학자들이 쟀다고,
죽음 이전, 그리고 죽음 이후에
마지막 요단강을 건너며 인간은
21그램의 무게를 잃는다고 한다.

아마도 이건
영혼의 무게.

저녁에 전화를 받았다.
런던에 살던 친구가 죽었다고,
31세, 뇌졸중으로.
줄어든 21그램의 영혼,
이제 썩어가는 몸

너는 오스트리아 빈이
불에 타더라도 그걸 보지 못해, 베니,
빛나는 금성 또한,
마지막 그녀의 이름이 무엇이었지?
여전히 기계엔 기름칠이 잘 되어 있고,
마지막 유리컵에 무엇이 담겼을까?
너는 마지막으로 누구에게
화를 냈니?

뇌가 너를 모조리 망가뜨렸니?
너의 영혼은 더 이상
몸을 짓누르지 않고
친구들은 어리둥절해하며 앉아 있다.
음료수의 맛은 기이하며, 땅은
더욱 냉혹해 보인다.

그날 밤 슬픈 마음으로 타자기 앞에 앉아
오로지 21그램에 집착하는 일 외에
그 무엇도 이해하지 못했다.

영혼의 무게는
나의 손가락으로 글을 쓰게 하고
내 꿈으로
죽음을 준비하게 하니까.

Henri Martin — Charity

고별의 블루스

위스턴 휴 오든

모든 시계를 멈추게 하라, 전화선을 끊고,
개에게도 뼈다귀를 주어 짖지 않게 하라.
피아노를 치지 말고 북도 덮으라.
관을 들이고, 슬픔에 잠긴 이들을 부르라.

비행기를 띄워 애도하게 하라,
하늘에 부고를 쓰게 하라, 그가 죽었다고.
비둘기들의 하얀 목엔 검은 나비넥타이를 매달고
교통경찰도 검은 장갑을 끼게 하라.

그는 나의 북쪽,
나의 남쪽, 나의 동쪽, 나의 서쪽이었다.
나의 일하는 나날과
일요일의 휴식이었고,
나의 달, 나의 밤, 나의 대화, 나의 노래였다.

나는 사랑이 영원하리라 생각했다.

그러나 나는 틀렸다.

이제 별들도 필요 없으니 모두 지워버리라.

달은 치워버리고, 해는 없애버리라.

바닷물은 쏟아버리고 숲은 베어버리라.

이제 그 무엇도 소용이 없으니.

기쁨과 슬픔

윌리엄 블레이크

기쁨과 슬픔은 섬세하게 엮여 있다
숭고한 영혼을 위한 옷으로

슬픔과 그리움마다
명주실처럼 엮인 기쁨이 흐른다

그래야 하는 것이 맞다

인간은
기쁨과 슬픔으로 만들어졌음을
마땅히 알고 있어야만
안전하게 살아갈 수 있다

Henri Martin — The Window to the Garden

길

윤동주

잃어버렸습니다.
무얼 어디다 잃었는지 몰라
두 손이 주머니를 더듬어
길에 나아갑니다.

돌과 돌과 돌이 끝없이 연달아
길은 돌담을 끼고 갑니다.

담은 쇠문을 굳게 닫아
길 위에 긴 그림자를 드리우고

길은 아침에서 저녁으로
저녁에서 아침으로 통했습니다.

돌담을 더듬어 눈물짓다
쳐다보면 하늘은 부끄럽게 푸릅니다.

풀 한 포기 없는 이 길을 걷는 것은
담 저쪽에 내가 남아 있는 까닭이고,
내가 사는 것은 다만,
잃은 것을 찾는 까닭입니다.

Maurice Denis — Terrace at Fiesole

한 가지 기술

엘리자베스 비숍

잃어버리는 기술은 익히기 어렵지 않다.
세상 만물이 헛되니
무엇을 잃은들 재앙일까.

하루하루 뭔가를 잃도록 하라.
열쇠를 잃은 낭패감,
사라진 시간들을 기꺼이 받아들여라.
잃어버리는 기술은 익히기 어렵지 않다.

그러니 더 많이, 더 빨리 잃도록 연습하라.
이런저런 이름들
여행가려던 곳들
이런 것을 잃어도 재앙이라 부르지 않는다.

나는 어머니의 시계를 잃어버렸다.
보라! 내가 사랑했던

세 채의 집 가운데 하나만 남았다.
잃어버리는 기술은 익히기 어렵지 않다.

나는 아름다운 두 도시도 잃어버렸다.
내가 누렸던 광활한 영토,
두개의 강, 하나의 대륙을 잃어버렸다.
그것들이 아깝긴 하지만
결코 재앙은 아니었다.

그러니 설사 당신을 잃는다 해도(장난끼 어린 목소리,
사랑스러운 몸짓) 나는 솔직히 말해야 하리라.
잃어버리는 기술은 그다지 어렵지 않다고.

그것이 당장은
재앙처럼(다시 강조하지만, 재앙처럼!)
보일지라도.

Maurice Denis — The Annunciation

자살에 대한 경고

에리히 케스트너

이 충고는 자네를 위한 것이야.
만약 자네가 권총에 손을 뻗어
얼굴을 향해 방아쇠를 당긴다면
내 가만 두지 않겠네.

세상이 재미없다고?
가난한 자와 부자가 있다고?
이봐, 뻔한 소리를 되풀이할 거야?
자네 시체가 관 속에 있어도
난 자네를 가만 두지 않겠네.

주변에서 일어나는 잡스런 일이야 아무래도 좋아.
비 맞은 놈처럼 불평하는 건 집어치워.
세상이 그렇고 그런 것은
어린애도 다 알아.

자네 꿈은
인류를 개선한다는 것이 아니었나?
지금 자네는 그 꿈을 비웃고 있겠지.
하지만 인간은 조금씩 나아질 수 있어.

그래, 나쁘고 형편없는 놈들이
버글버글하다는 건 사실이야.
그렇다고 개처럼 죽을 수야 없지.

최소한 오래 살아
놈들에게 약이라도 올려야 하지 않겠어?

도취의 노래

프리드리히 니체

오, 인간이여! 들으라!
깊은 밤은 무엇을 말하고 있는가?

나는 잠들었고, 자고 있었다.
깊은 잠에서 나는 깨어났도다.

세상은 깊더라.
낮이 생각한 것보다도 더욱 깊더라!
세상의 슬픔은 깊다.
그러나 기쁨은 마음의 괴로움보다 더욱 깊도다.

슬픔은 괴로워하며 말한다.
사라져 없어져라!
그러나 모든 기쁨은 영원을 원한다.
깊고 깊은 영원이 되길 원하도다!

Edvard Munch — Separation

어떤 하루

제인 케니언

건강한 몸으로 침대에서 일어났다
그러지 못할 수도 있었는데
시리얼과 달콤한 우유와
탐스러운 복숭아를 먹었다
그러지 못할 수도 있었는데
개를 데리고 자작나무 숲으로 올라갔다
아침 내내 좋아하는 일만 하고
오후에는 사랑하는 이와 함께 누웠다
그러지 못할 수도 있었는데
우리는 은촛대가 놓인 식탁에서
함께 저녁을 먹었다
그러지 못할 수도 있었는데
그림이 걸린 방에서 잠들며
오늘 같은 내일을 기약했다
그러나 나는 안다, 언젠가는
그러지 못하게 되리라는 걸

Pierre Bonnard — Work Table

고독

체슬라브 밀로즈

아무도 없는 푸른 하늘 아래
쓸쓸하고 막막한 한낮에 눈을 떴다.
낡은 벽의 틈에 자란 쐐기풀이
죽은 자들의 별을 마시고 있다.
침묵.

당신은 어디로 나를 이끄는지,
장님인 어머니, 오 나의 인생,
풀이 추억에 잠기고, 시간의 바다가
내 해안을 더듬으며 찾고 있다,
추억의 어느 지옥으로.
침묵.

절벽의 메아리여, 나를 부른데도 좋다!
착란이여, 네 노란 꽃을,
내가 마시는 샘물에 빠뜨려도 좋다.

지난날만은 내게서 멀어지도록!

침묵.

나를 창조한 당신, 나를 때려눕힌 당신,

심연의 심장, 알로에가 자라는 곳에 있는 당신,

아버지! 상처 입은 당신의 발아래,

과연 평안은 있을까요?

침묵.

세상의 모든 울음은

이현호

울음을 상상하면
두 끈을 묶은 매듭이 떠오르는 건 어째서일까
엉켜 있는 매듭은 왜 울음의
이미지로 오는 걸까

네가 혼자 울면 아무도 네 울음을 듣지 않지만
네가 신들을 향해 울부짖으면
그들은 네 울음에 귀 기울인다
한 마을의 개들이 그렇듯이
그들은 너를 따라 울어대기 시작한다

고백하지 않았다면 영원했을지 모를 짝사랑처럼,
어떤 울음은 세계의 모든 시를 다 읽은 듯만 한데
그 단단한 매듭의 힘으로 인간이 구전되어 왔다면
우리의 어머니는 울음, 당신입니까

세상에 홀로 우는 것은 없다

혼자 우는 눈동자가 없도록

우리는 두 개의 눈으로 빚어졌다

우리는 질문하다가 사라진다

파블로 네루다

어디에서 도마뱀은
꼬리에 덧칠할 물감을 사는 것일까

어디에서 소금은
그 투명한 모습을 얻는 것일까

어디에서 석탄은 잠들었다가
검은 얼굴로 깨어나는가

젖먹이 꿀벌은 언제
꿀의 향기를 처음 맡을까

소나무는 언제
자신이 향을 퍼뜨리기로 결심했을까

오렌지는 언제
태양과 같은 믿음을 배웠을까

연기들은 언제
공중을 나는 법을 배웠을까
뿌리들은 언제 서로 이야기를 나눌까

별들은 어떻게 물을 구할까
전갈은 어떻게 독을 품게 되었고
거북이는 무엇을 생각하고 있을까
그늘이 사라지는 곳은 어디일까
빗방울이 부르는 노래는 무슨 곡일까
새들은 어디에서 마지막 눈을 감을까
왜 나뭇잎은 초록색일까

우리가 아는 것은 한 줌 먼지만도 못하고
짐작만이 산더미 같다
그토록 열심히 배우건만
우리는 단지 질문하다 사라질 뿐

눈물의 중력

신철규

한 사람이 엎드려 울고 있다

울음을 멈추려고
흐르는 눈물을 두 손으로 받고 있다

문득 뒤돌아보는 자의 얼굴이 하얗게 굳어갈 때
바다 모를 슬픔이 눈부셔서 온몸이 허물어질 때

어떤 눈물은 너무 무거워서
엎드려 울 수밖에 없다

그는 돌처럼 단단한 눈물방울이 되어간다

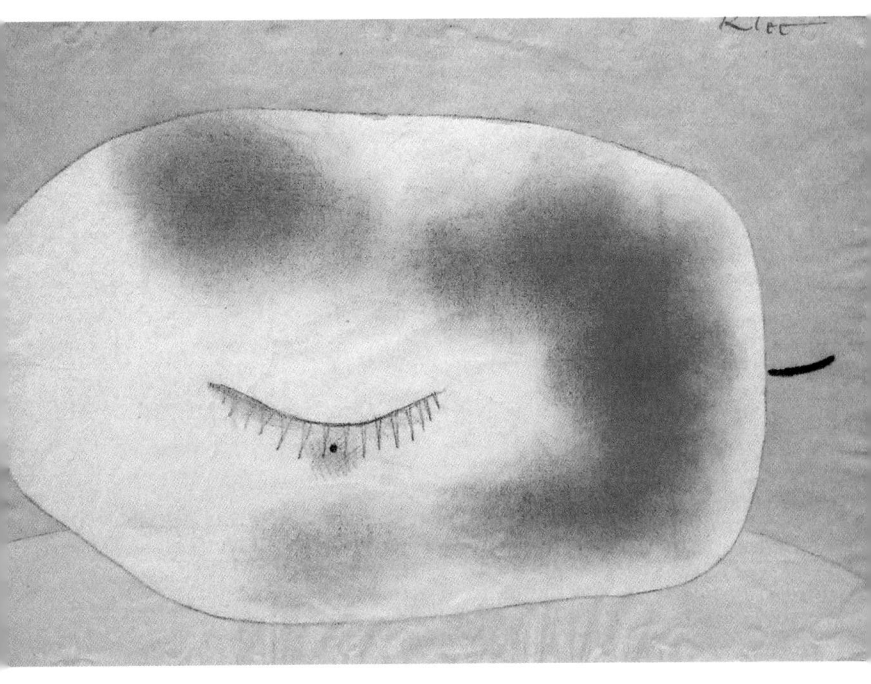

Paul Klee — Suffering Fruit

시간이란 적

샤를 보들레르

내 청춘은 캄캄한 폭풍우에 지나지 않았고,
여기저기 햇살이 비칠 뿐이다.
천둥과 비바람이 사정없이 휩쓸어
내 정원에는 빨간 열매도 몇 개 남지 않았다.

이제 생각의 가을에 접어들었으니
삽과 쇠스랑을 써야만 한다,
홍수에 파인
무덤처럼 큰 구덩이 몇 개를 메워야 하니.

그러나 누가 알까, 내 꿈꾸는 새로운 꽃들이
강가 모래밭처럼 씻겨 흘러가버린 이 땅에
자양분이 되는 신비한 양식을 발견할지?

오, 고통이여! 고통이여!
시간은 생명을 좀먹고,

우리의 심장을 갉아먹는 무서운 적이며

우리의 잃어버린 피로 자라고 살쪄간다!

인간은 슬퍼하고 기침하는 존재

세사르 바예호

인간은 슬퍼하고 기침하는 존재
그러나 뜨거운 가슴에 들뜨는 존재,
그저 하는 일이라곤
하루하루 연명하는 어두운 포유동물,
빗질할 줄 아는 존재라고
공평하고 냉정하게 생각해볼 때

노동의 결과로
서서히 만들어진 것이 인간이며,
누구의 위에 서거나 아래에 깔린 존재,
세월의 도표는 가진 자에겐
빠짐없이 보여지지만,
까마득한 그 옛날부터
백성의 굶주린 방정식에 대해
왕의 눈은 반만 열려 있음을 고려해볼 때

인간은 때로 생각에 잠겨 울고 싶어하며,
자신을 하나의 물건처럼 쉽사리 내팽개치고,
훌륭한 목수도 되고, 땀 흘리고,
죽이고 그러고도 노래하고, 밥 먹고,
단추 채운다는 것을 어렵잖게 이해한다고 할 때

인간이 진정 하나의 동물이지만,
고개를 돌릴 때
그의 슬픔이
내 뇌리에 박힌다는 점을 고려해볼 때

인간이 가진 물건, 화장실
절망, 자신의 잔인한 하루를 마감하면서
그 하루를 지우는 존재임을 생각해볼 때

내가 사랑함을 알고,

사랑하기에 미워하는데도
그는
내게 무관심하다는 것을 이해한다고 할 때

모든 서류를 살펴볼 때,
아주 조그맣게 태어났음을 증명하는 서류까지
안경을 써가며 볼 때

손짓을 하자
그는 내게 온다.
나는 감동에 겨워 그를 얼싸안는다.
어쩌겠는가? 그저 감동,
감동에 겨울 뿐.

Pierre Bonnard — Flowers on the Mantelpiece at Cannet

사랑

사랑은 사고파는 물건이 아닙니다.

거저 주는 것이지요.

— 프란체스코 교황

두려워 말라. 고통을 피하고 멀리하는 사람은
외톨이가 될 것이다.
이기적인 사람보다 더 외로운 사람은 없다.
내가 모든 이를 위해 내 목숨을 내놓았듯이,
네가 다른 사람을 사랑하는 마음에서
생명을 내어준다면
풍성한 수확을 얻게 될 것이다.

— 오스카르 아르눌포 로메로 대주교

우리는 따스한 어루만짐, 포옹, 위로와 인정을 받아야만 살 수 있다. 그런 존재로 태어났다. 남을 통해 나 자신을 알고, 참된 나를 만날 수 있다. 우리는 관계를 통해 성장할 수 있다. 그렇기 때문에 사랑이라는 격려, 사랑이 없는 세상은 상상할 수도 없다.

사랑은 자신을 온전히 보여주는 것이다. 자신의 나약함과 절망까지 보여주고 나눠야 한다. 서로에게 조건 없이, 두려움 없이 진심으로 닿아야 한다.

오늘날 누군가를 만나 사랑하는 일을 어렵게 느끼는 사람들이 많다. 연인의 사랑, 가족의 사랑, 공동체를 향한 사랑, 생명사랑, 자기사랑, 그 모두에 조금씩 서툰 듯이 보인다. 서툰 우리가 사랑하고 사랑받는 존재로 살기 위해서는 참고, 미소 짓고, 상대를 진정 보듬어주고, 기꺼이 이해하는 사랑력을 키우는 수밖에 없다. 그러면서 세상과 나 자신에게 세심해지고, 큰 가슴으로 품는 인간애로 나아간다. 이렇게 사랑하는 법을 잠잠히 연습하고 훈련하는 수밖에 없다.

시의 뿌리는 사랑이다. 시를 읽으며 사랑력을 키우다 보면 감정이 섬세해지고 호기심과 인내심도 커진다. 진정 용기 있는 사람이 된다. 꽃과 나무, 바람과 별의 정령들이 모이는 밤 시간. 이 속에서 사랑의 결을 어루만지고 헤아리고, 뜨겁게 달구는 시를 만나라. 영혼 밑바닥까지 가닿는 사랑, 그 숨결을 만나라. 진정 사랑할 때 우리는 자기 자신을 만난다.

체로키 인디언의 노래

새로 태어난 아기에게

또 한 사람의 여행자가

우리 곁에 왔네

그가 우리와 함께 지내는 날들이

웃음으로 가득하기를

따뜻한 하늘의 바람이

그의 집 위로 부드럽게 일기를

위대한 정령이 그의 집에 들어가는

모든 이들을 축복하기를

그의 모카신 신발이

여기저기 눈 위에

행복한 발자국을 남기기를

그의 어깨 위엔

늘 무지개가 뜨기를

Harald Slott Moller — Three Women

당신이 아니더면

한용운

당신이 아니더면 포시럽고 매끄럽던 얼굴에
왜 주름살이 접혀요.
당신이 기룹지만 않다면,
언제까지라도 나는 늙지 아니할테여요.
맨 처음에 당신에게 안기던
그때대로 있을 테여요.

그러나 늙고 병들고 죽기까지라도,
당신 때문이라면 나는 싫지 않아요.
나에게 생명을 주든지 죽음을 주든지
당신의 뜻대로만 하셔요.
나는 곧 당신이어요.

Pierre Bonnard — Train and Bardes

나를 향해 절반만 다가오겠어요?

팀 코너

우리 두 사람 사이에 흐르는
긴장과 침묵을 건너게 하는
이해의 길을 따라
나를 향해 절반만 다가오겠어요?

행복했던 지난날을
떠올리며

이제는 너무나 멀게만 느껴지는
그 모든 애틋한 사랑의 감정을
다시 붙잡으려 노력하며

연약하고 미숙했던
사랑의 매듭을 단단히 하려던
맨 처음 그때처럼

고통과 실망이 씻기도록
한 번 더 노력해
그렇게 내게 와주세요.

그대가 나를 향해 절반만 와준다면,
나는 그보다 더 많이 달려가
그대를 기다릴 거예요.

사랑하는 여인

폴 엘뤼아르

그녀는 내 눈꺼풀 위에 있고
그녀의 머리칼은 내 머리칼 속에 있고
그녀는 내 손의 모양을 하고
그녀는 내 눈과 같은 빛깔,
하늘 위로 사라진 조약돌처럼
그녀는 내 그림자 속에 잠겨간다

그녀는 언제나 눈을 뜨고 있어
나를 잠들지 못하게 한다
대낮에 꾸는 그녀의 꿈은
햇빛을 증발시키고
나를 웃게 하고, 울고, 웃게 하고
할 말이 없어도 말하게 한다

일하며, 사랑하며

부분

칼릴 지브란

당신은 땅과 그 영혼에
발걸음을 맞추어 일합니다.
계절들에 무심해지면 게으른 자가 되고,
장엄하고 당당하게 신을 따라가는 삶을
벗어나고 맙니다.

일할 때 우리는 피리가 됩니다.
심장을 통해 시간의 속삭임은 음악이 됩니다.
모두가 하나의 노래를 부를 때
누가 입을 다물어 침묵합니까?

일은 저주라거나 노동이 고통이라는 말을
아무리 들어왔어도 나는,
당신이 일할 때, 자연의 가장 소중한 꿈에서
당신에게 주어진 몫을 채워가며
꿈 하나를 이룬다고 말할 겁니다.

일할 때, 당신은 진실로 삶을 사랑하는 것이고

일하며 사랑할 때, 삶의 가장 깊은 비밀과 가까워집니다.

사랑은

오스카 해머스타인

종은 누가 울려 주지 않으면
종이 아니다.

노래는 누가 불러 주기 전에는
노래가 아니다.

당신의 마음속 사랑도
한쪽으로 치워 놓아선 안 된다.

사랑은 사랑을 주기 전에는
사랑이 아니니까.

Paul Klee — Evening shows

소네트 8번

루이즈 라베

나는 살고 죽으며 불타오르고 물에 빠진다.
나는 뜨거운 불을 견디며 얼음처럼 차다.
삶은 내게 너무 다정하고 너무 야속하다.
내 슬픔은 언제나 기쁨과 뒤섞인다.

나는 웃다가 곧 눈물을 흘리고,
쾌락 속에서 많은 불만과 고뇌를 견딘다.
내 가진 것 빨리 사라지기 쉬우나
사라지지 않는다.
나는 시들면서도 순식간에 싹튼다.

이렇게 사랑은 쉼 없이 나를 붙든다.
때때로 고통에 짓눌려 한숨지으면,
어느덧 괴로움은 가시고
마음은 화창함을 느낀다.

하지만 내가 기쁨을 만끽하고

행복의 끝에 다다랐을 때, 사랑은

다시 나를 처음의 불행으로 떨어뜨린다.

당나귀 두 마리

모르겐슈테른

어느날 당나귀 한 마리가
부인에게 이렇게 말했다.

"내가 이렇게 멍청하고
당신도 멍청하니
우리 함께
죽으러 갑시다, 쿵!"

종종 그랬던 것처럼
둘은 즐겁게 살았다.

신혼

장철문

아내의 몸에 대한 신비가 사라지면서
그 몸의 내력이 오히려 애틋하다

그녀의 뒤척임과 치마 스적임과
그릇 부시는 소리가
먼 생을 스치는 것 같다

얼굴과 가슴과 허벅지께를 쓰다듬으며
그녀가,
오래전에
내 가슴께를 스적인 것이 만져진다

그녀의 도두룩하게 파인
속살 주름에는
사람의 딸로 살아온 내력이 슬프다

우리가 같이 살자고 한 것이

언젠가

Vilhelm Hammershoi — Interior

사랑이 끝났다고 말할 때

알렉세이 톨스토이

설움에 겨워 내가 사랑이 끝났다고 말할 때
한 걸음 떨어져 그 말을 들어주시오.
썰물일 때 바다의 변절을 믿지 않듯
바다는 사랑에 넘쳐 다시 밀려들 것이니.

예전처럼 사랑에 넘쳐서 나는 그리워하오.
나의 자유를 다시 그대에게 바치려 하오.
물결은 이미 요란스레 소리치며
사랑의 해안으로 되돌아오고 있으니.

완다와 폭설

폴 짐머

몇 년 전,

타일러스벅 근처 노천광산에서 일했었거든.

하루는 눈이 오기 시작하더니 두 시경엔

허리까지 내린 거야.

"집엘 가겠습니다." 반장에게 말했어.

"다섯 시까지 기다려보지 그래?"하길래

"소들을 돌봐야만 해요." 둘러댔지.

완다가 집에 잘 있는지 봐야 한다고는

말하지 않았어.

네 시쯤 집에 다다랐는데 그사이 눈은

가슴까지 쌓였고 내리고 또 내렸어.

완다와 나는 사흘 내내 아무도 만나지 못했지.

눈 더미 속에 굴을 뚫고 철조망 담을 넘어 다니며

눈을 녹이는 심장 소리에 얼마나 웃어댔던지.

먹을 것이 떨어져 소라도 잡을까 생각했었지.

그때 그만 날이 개고 사과알같이 달콤한 달이 떠올랐어.

다음 날 아침 제설차가 도착했는데, 슬프더군.

요즘은 눈이 그렇게 오지 않아. 다 그런 거지 뭐.

너를 안으면

이승훈

너를 안으면
어둠이 사라지고
바람 불던 저녁도 사라지고
무슨 정신도 사라진다
너를 안으면
병든 거리도
소리 없이 사라진다
너를 안으면
불안도 사라진다
너의 가슴에
얼굴을 묻으면
마흔 개의
어둠이 사라지고
너의 얼굴에
나를 묻으면
마흔 개의

감옥도 사라지고
우울도 사라지고
만성신경증에 시달리던
밤들도 사라진다
너의 가슴에
손을 대면
나의 손도 사라진다
이젠 네가 있으니까
이젠 네가 나이니까
너의 가슴에
텀벙 뛰어든다
그래서 이젠
너의 얼굴도
볼 수 없다

높새바람같이는

이영광

나는 다시 넝마를 두르고 앉아 생각하네
당신과 함께 있으면,
내가 좋아지던 시절이 있었네
내겐 지금 높새바람같이는 잘 걷지 못하는 몸이
하나 있고,
높새바람같이는 살아지지 않는 마음이 하나 있고
문질러도 피 흐르지 않는 생이 하나 있네
이것은 재가 되어가는 파국의 용사들
여전히 전장에 버려진 짐승 같은 진심들
당신은 끝내 치유되지 않고
내 안에서 꼿꼿이 죽어가지만,
나는 다시 넝마를 두르고 앉아 생각하네
당신과 함께라면 내가,
자꾸 내가 좋아지던 시절이 있었네

Edouard Vuillard — Woman reading on a Bench

아무것도 바라지 마렴

앨리스 워커

검소하게 살렴
삶을 선물로 여기면서
조금 떨어져서 자신을 보렴
아무것도 바라지 마렴
검소하게 살렴
동정을 바라지는 말고

누가 너를 동정한다면
기꺼이 필요한 만큼만 받으렴
뭔가 받고 싶을 때 참아보렴
받고 싶은 충동에서 멀어져보렴

너의 작은 심장보다
더 큰 걸 바라지 마렴
별보다 더 큰 것도 바라지 마렴
큰 실망들을 친절히 다스리렴

무심한 듯 차갑게
실망을 네 영혼을 위한
외투라 여기렴

사는 이유를 발견하렴
어떻게 엄청 작은 거인이 존재하는지
바보처럼 너무 무서워 말고
아무것도 바라지 마렴
검소하게 살렴
삶을 선물로 여기면서

Anna Ancher —Summer Evening on Skagen's Beach

천사의 손길이 닿는다면

마야 안젤루

우리는 용기낼 줄을 몰라
기쁨에서 멀어지고
고독의 조개껍질 속에 웅크린 채 살아가지

사랑이 높고 성스러운 사원을 떠나
우리의 눈앞에 나타나
삶 속에서 우리를 해방시킬 때까지

사랑은 온다
그 옷자락에 환희를 담고
즐거운 옛 기억과
오래된 고통과 함께

그러나 우리가 용감하다면
사랑은 두려움의 사슬을 끊어버린다
우리의 영혼으로부터

마음이 자꾸 작아지는 병은 사라진다
쏟아지는 사랑의 빛 속에서
우리는 감히 용감해진다

그리고 문득 알게 된다
사랑은 우리의 모든 것을 바라고
우리의 모든 미래를 바란다는 것을

오로지 사랑만이
우리를 자유롭게 한다는 것을

Edouard Vuillard — Public Garden

밤눈

김광규

겨울밤
노천역에서
전동차를 기다리며 우리는
서로의 집이 되고 싶었다
안으로 들어가
온갖 부끄러움 감출 수 있는
따스한 방이 되고 싶었다
눈이 내려도
바람이 불어도
날이 밝을 때까지 우리는
서로의 바깥이 되고 싶었다.

Claude Monet — Saint-Lazare Station, Arrival of a Train

축사

카트린느 포지

지고한 사랑이여
나는 당신을 모른 채 죽을지도 모릅니다
당신이 어디에서 깃들게 되었는지
당신의 거처가 어떻게 태양이 되었는지
어떤 과거가 당신의 세상에서, 어떤 시간에
내가 당신을 사랑하게 되었는지

지고한 사랑의 기억을 넘어가며
화로도 없이 나의 모든 빛이 된 불이여,
어떤 운명에 당신은 내 생애를 그렸는가,
어떤 잠 속에 당신의 영광은 빛났는가,
오, 나의 거처여.

내 몸을 잃고
끝없는 심연에서 가루가 되려 할 때
끝도 없이 부서지려 할 때

내 몸에 달라붙은 현재가
등돌리려 할 때

몸은 우주에 뿔뿔이 흩어져
아직 완성되지 않은 무수한 순간
체에 걸러진 하늘의 재로 소멸할 때까지
당신은 하나뿐인 보석을 다시 만들 것이다
신비로운 시간을

당신의 이름과 내 모습을
당신은 다시 만들 것이다
햇빛에 실려 흩어진 몸으로
이름도 얼굴도 없이 하나가 되어 생동하는
정신의 심지, 환영의 중심
지고한 사랑이여.

Seurat

감사

우리를 행복하게 해주는 이들에게 감사합시다.
그들은 우리의 영혼이 활짝 피어나게 해주는
고마운 정원사와도 같습니다.

— 마르셀 프루스트

더 이상 귀담아들으려고 하지 않는 세상에서
다른 이들에게 귀를 기울임으로써
다른 이들의 목소리를 들을 뿐 아니라
우리 자신의 내밀한 목소리에도 한결
민감해지게 된다.
귀 기울임 자체가 그 사람에게
하나의 선물이 될 수 있다.

— 로버트 웍스

오늘도 어김없이 해가 뜨고 구름이 흘러갔다. 사람들이 지나가고 바람이 불었다. 이 당연한 일이 당연하지 않음을 안다. 미처 생각지 않게 우리와 함께하는 고마운 게 얼마나 많은지. 해와 달, 바람과 함께 흔들리는 풀과 나무하며 지금 옆에는 없어도 참 따스한 가족과 지인들, 길과 길, 어느 순간 은총으로 바뀌는 힘든 일 등. 감사 기도를 하는 순간이다. 힘든 일조차 고맙다는 마음과 환한 마음이 열리고, 창문이 열리고, 첫 새벽 하늘이 열리고 해가 떠오른다.

'고맙습니다'라는 말은 '고마'와 '같습니다'가 하나된 말이다. 고마는 땅의 신으로 우러르는 신성한 동물, 곰을 뜻한다. 고운 여자의 '곱다'도 고마에서 온 거라 한다. 말의 뿌리를 찾아가면 '고맙습니다'라는 말은 '당신은 대지의 신처럼 은혜로운 사람'이라는 뜻을 품고 있다고 한다. 쓸수록 나 자신도 빛나고, 남도 축복하는 멋진 말이니 마르고 닳도록 써도 좋으리라.

고맙다는 마음을 가지면 서로가 더 단단하게 이어진다.

나 자신이 태어나길 잘했다는 것. 숨 쉬고 있다는 것만으로도 기쁘다. 내 아는 이들이 얼마나 소중한지 깨닫는 일. 감사하고 기도함으로 내면에서 솟는 힘을 느껴보라. 감사와 기도는 진정 자유로워짐이다. 진정 감사하면 걱정이 사라진다. 이것은 결국 내가 낮아져 겸손해질 때 얻어지는 축복이다. 겸손해지면 모든 것이 감사하고, 감사하면 괴로움이 다 뒤로 물러난다.

'감사'야말로 존재의 예술이다.

행복

칼 샌드버그

행복이 무언지 알기 위해
인생의 의미를 가르치는 교수님들을 찾아갔다.
수천 사람들을 이끌며 일하는
유명한 경영자들을 찾아보았다.
그러다 어느 일요일 오후
데스 플레인즈 강가를 어슬렁거리다가
나무 아래에서
한 무리의 헝가리 남자들이
아내와 애들과 함께
어울려 노는 것을 보았다.
큰 맥주통과 손풍금을 곁에 두고서.

기도

헤르만 헤세

하느님, 저를 절망하게 하소서.
당신이 아니라 저 자신에게 절망하게 하소서.
방황하며 모든 슬픔을 맛보게 하시고
온갖 고뇌의 불꽃을 핥게 하소서.
모든 모욕을 겪게 하시고
꿋꿋이 서 있길 돕지 마시고
뻗어나가는 것도 돕지 마소서.
그러다 제가 송두리째 부서지는 날
그때엔 보여주소서.
당신께서 그리 하셨다는 것을
당신께서 슬픔의 불꽃과 고뇌를 주셨다는 것을.
기꺼이 죽어
미련 없이 흙 속에 썩어가려 하나
저는 오직 당신의 품속에서만
죽을 수 있기 때문입니다.

Pierre Bonnard — The Table

기다리렴

골웨이 키넬

기다리렴, 지금은
모든 것을 믿지 않아도 좋다
꼭 그래야만 한다면 시간을 믿으렴,
지금까지도 시간이 항상 너를
모든 곳으로 데려다주었잖니

네 일들과 너의 머리카락에도
다시 흥미를 갖게 될 거야
고통마저 흥미로울 테니,
계절이 지나 핀 꽃이 다시 사랑스러워질 거야
쓰던 장갑이 다시 정겨워질 거야
장갑이 손을 찾아드는 것은
그 장갑이 가진 기억들 때문이니까,
연인들의 외로움도 그와 같다
우리처럼 작은 존재가 빚어내는
커다란 공허감도 채워지기를 원하니,

새로운 사랑을 꿈꾸는 것이
옛사랑에 충실한 일이니

기다리렴
너무 일찍 떠나지는 마렴,
너도 지쳤고 모두가 지쳤지만
누구도 완전히 지치진 않았다

다만 잠시 기다리며 들어보렴
머리카락에 깃든 음악을
고통 안에 숨 쉬는 음악을
우리의 모든 사랑을 다시 엮는 음악을
지금이 너의 몸과 마음에서 울려 나오는
온전한 피리 소리를 들을 유일한 순간이니,
슬픔으로 연습하고 완전히 지쳐 쓰러질 때까지
자신을 연주하는 음악을 거기 서서 들어보렴

코끼리가 되기 전에

신현림

곁을 떠나고 싶지 않은 사람처럼
떠나고 싶지 않은 자리가 있다
지금 여기, 불빛 비치는 진흙, 흐느끼는 땅

코끼리는 발로 얘기한대
발이 민감한가 봐.
신기롭도록 아름다운 눈을 나는 맨발로 밟는다.
눈이 아니라 조약돌임을 천천히 음미하고

세월이 내 발을 코끼리발처럼 두툼하게 만들었다.
땅을 어루만지는 발
느리게 춤추는 발, 속삭이는 발

너도 코끼리가 되기 전에 할 일은
살아 있음에 고마워하기
바람 부는 땅에 입맞춤하기

숨 쉬기

요한 볼프강 괴테

숨 쉬기에는 두 가지 은총이 있으니
들숨과 날숨이 그러하다

들숨으로 부풀고
날숨으로 도로 줄어드니
놀랍게도 삶은
이렇게 섞여 있는 것

신이 너를 밀어붙일 때도 감사하라
너를 놓아줄 때도 감사하라

Theodore Earl Butler — Lili Butler reading at the Butler House Giverny

살아 있음에 대해

부분

나짐 히크메트

살아 있다는 것은 농담이 아니야
마음을 다해 살지 않으면 안 돼
한 마리 다람쥐처럼
사는 일 말고는 그 무엇도 기대하지 않을 만큼
산다는 것이 가장 중요한 일인 만큼

살아 있다는 것은 농담이 아니야
마음을 다해 삶에 다가서지 않으면 안 돼
두 손이 뒤로 묶여
벽에 등이 밀쳐진 것처럼 절실하게,
혹은 어느 실험실 같은 곳에서
흰 옷과 보안경을 걸치고
한 번도 만난 적 없고 얼굴도 모르는
그 누군가를 위해 죽어야 하는 것처럼 애절하게,
비록 살아 있는 일이 가장 분명하고
가장 아름다운 일임을 잘 안다고 해도

마음을 다해 살지 않으면 안 돼
일흔이 되어도 올리브 나무를 심을 만큼,
자손을 위해서가 아니라
죽음을 두려워하지만 믿지는 않기에
살아 있음이 죽음보다 훨씬 소중하기에

중한 병에 걸려 수술 받아야 해도
그 흰 침대에서 다시 못 깨어날지 모른다 해도
조금 이른 떠남을 슬퍼하지 않아도
우리는 여전히 농담에 웃을 것이고
비가 오시는지 창밖을 볼 것이고
가장 최근의 뉴스를 궁금해할 거야

강

이성복

저렇게 버리고도 남는 것이 삶이라면
우리는 어디서 죽을 것인가
저렇게 흐르고도 지치지 않는 것이 희망이라면
우리는 언제 절망할 것인가

해도 달도 숨은 흐린 날
인기척 없는 강가에 서면,
물결 위에 실려가는 조그만 마분지조각이
미지의 중심에 아픈 배를 비빈다

지나가는 사람은

다비드 에스코바르 갈린도

지나가는 사람은 꽃 한 송이가
행운의 대가임을 모를 거다.

지나가는 사람은 우리 안에
생명이 숨어 있음을 모를 거다.

지나가는 사람은 거대한 공간이
내일의 우리 집인 줄 모를 거다.

지나가는 사람은 피가
존재의 유일한 여권임을 모를 거다.

지나가는 사람은
다른 영혼을 사랑하기 전에는
그 누구도 살아가는 힘이 될 수 없음을 모를 거다.

지나가는 사람은 사랑의 빛이
절대 재가 될 수 없음을 모를 거다.

지나가는 사람은 꽃 한 송이가
기적의 대가임을 모를 거다.

지나가는 사람은
우리가 영원한 존재란 걸 모를 거다.
우리가 바로
신비로운 영혼임을.

미열

이해인

아무리 기도해도
떨어지지 않는 미열이
나를 힘들게 하네
고열보다
더 지치게 하네

아무것도 아닌 듯한 것이
미지근한 것이
이토록 나를 힘들게 하다니
그리 뜨겁지 않은
내 삶의 태도 역시
나를 힘들게 하네

Edouard Vuillard — Woman in a White Apron in the Yard

그의 행복을 기도 드리는

신동엽

그의 행복을 기도 드리는 유일한 사람이 되자.
그의 파랑새처럼 여린 목숨이
애쓰지 않고 살아가도록
길을 도와주는 머슴이 되자.
그는 살아가고 싶어서
심장이 팔뜨닥거리고 눈이 눈물처럼
빛나고 있는 것이다.
그는 나의 그림자도 아니며
없어질 실재도 아닌 것이다.
그는 저기 태양을 우러러 따라가는
해바라기와 같이 독립된
하나의 어여쁘고 싶은 목숨인 것이다.
어여쁘고 싶은 그의 목숨에
끄나풀이 되어선 못쓴다.
당길 힘이 없으면 끊어버리자.
그리하여 싶으도록 걸어가는

그의 검은 눈동자의 행복을
기도 드리는 유일한 사람이 되자.
그는 다만 나와 인연이 있었던
어여쁘고 깨끗이 살아가고 싶어하는 정한 몸알일 따름.
그리하여 만에 혹 머언 훗날 나의 영역이 커져
그의 사는 세상까지 미치면 그땐
순리로 합칠 날 있을지도 모를 일일께며.

세월의 강물

장루슬로

다친 달팽이를 보거든
도우려 들지 말아라
스스로 궁지에서 벗어날 것이다
당신의 도움은 그를 화나게 만들거나
상심하게 만들 것이다
하늘의 여러 시렁 가운데
제자리를 떠난 별을 보게 되거든
별에게 충고하고 싶더라도
그만한 이유가 있을 거라 생각해
더 빨리 흐르라고
강물의 등을 떠밀지 말아라
강물은 스스로 최선을 다하고 있는 것이다

Henri Martin — River Vert in Spring

오래된 기도

이문재

가만히 눈을 감기만 해도
기도하는 것이다.

왼손으로 오른손을 감싸기만 해도
맞잡은 두 손을 가슴 앞에 모으기만 해도
말없이 누군가의 이름을 불러주기만 해도
노을이 질 때 걸음을 멈추기만 해도
꽃 진 자리에서 지난 봄날을 떠올리기만 해도
기도하는 것이다.

음식을 오래 씹기만 해도
촛불 한 자루 밝혀 놓기만 해도
솔숲 지나는 바람 소리에 귀 기울이기만 해도
갓난아기와 눈을 맞추기만 해도
자동차를 타지 않고 걷기만 해도

섬과 섬 사이를 두 눈으로 이어주기만 해도
그믐달의 어두운 부분을 바라보기만 해도
우리는 기도하는 것이다.
바다에 다 와가는 저문 강의 발원지를 상상하기만 해도
별똥별의 앞쪽을 조금 더 주시하기만 해도
나는 결코 혼자가 아니라는 사실을 받아들이기만 해도
나의 죽음은 언제나 나의 삶과 동행하고 있다는
평범한 진리를 인정하기만 해도

기도하는 것이다.
고개 들어 하늘을 우러르며
숨을 천천히 들이마시기만 해도.

눈가루

로버트 프로스트

까마귀 한 마리
머리 위에서 그렇게 흔들어대니
눈가루가 쏟아져 내렸다
솔송나무 가지에서

내 기분이 얼마간 바뀌어
한 귀퉁이가 살아났다

나의 울적했던 하루의
한 귀퉁이가

서시

클레멘스 브렌타노

이 시행에서 무르익는 것,
미소지으며 손짓하고 생각에 잠겨 애원하는 것,
그것이 아이의 마음을 흐리게 해서는 안 된다.
소박하게 씨앗을 뿌렸고,
우울의 바람이 스쳐지나가며,
동경이 움을 틔워 성숙케 했다.
언젠가 들판에 곡식이 잘리면
그루터기 사이로 가난이 지나가며,
떨어진 이삭을 주울 것이다.
가난은 가난을 위해 죽을 사랑을 찾고,
가난과 함께 부활할 사랑을 구하며,
가난을 사랑하는 사랑을 찾는다.
외로이 버림받았지만
밤새 감사의 기도를 하며,
곡식 낟알을 갈고 닦다가도
새벽이 와 닭이 울면 가난은

사랑이 끝내 지켰던 것, 고통이 휘날려버렸던 것을

길가 십자가에서 읽어낸다.

"오오, 별과 꽃, 정신과 옷,

사랑, 고통과 시간, 그리고 영원!"

전설

에바 슈트리트마터

어디선가 나는 읽은 적이 있다
어느 도시에
아주 낡은 나무집이
헐렸음을

오래된 나무로 만든 바이올린이 있다
그 악기들은 특별한 소리를 낸다고 해
과학적으로 설명할 수도 있겠지
하지만 나는 생각한다
나무 속으로 들어온
오래전 사라진 삶을 노래한다고
기록될 수 없는 흔들거림과 함께
오늘까지 울려 온다고

바이올린이 울리면 사람들은
악보에 들어 있지 않은 소리도 듣는다
마치 침묵하는 사람들이
웅얼거리며 지나가는 듯한 소리
아주 아름다운 전설,
그리고 나는 내 시 속에서 꿈을 꾼다
거기선 언제나
소리 없이 말하는 소리가
함께 울려나기를

네

주디 브라운

끝남에 대한 고통이 닥치기도 전에
미리 괴로워하면 삶이 망가져간다.
끝나기 전까지 가능할 수도 있는 삶이

기쁨과 슬픔은
모두 한 가지에 관한 것
무엇이 가장 중요한가에 관한 것

한쪽이라도 부정한다면
이는 삶을 부정하는 것

그렇기에
기쁨과 슬픔
그 둘에게 조용히 대답한다.
"네."라고

발작

황지우

삶이 쓸쓸한 여행이라고 생각될 때
터미널에 나가 누군가를 기다리고 싶다
짐 들고 이 별에 내린 자여
그대를 환영하며
이곳에서 쓴맛 단맛 다 보고
다시 떠날 때
오직 이 별에서만 초록빛과 사랑이 있음을
알고 간다면
이번 생에 감사할 일 아닌가
초록빛과 사랑; 이거
우주 奇蹟 아녀

Pierre Bonnard — Interior at the Balcony

민감한 길

라이너 쿤체

샘물 위의 땅은
민감하니 나무 한 그루도
베어서는 안 된다, 뿌리 하나
뽑혀서도 안 된다

샘물이 마를 수도
있으니까

얼마나 많은 나무가 베어졌는가,
얼마나 많은 뿌리가
뽑혔던가,
우리들
마음속에서.

Henri Martin — Trees in Flower

우리는 피리와 같으니

잘랄루딘 루미

우리는 피리와 같으니
우리 안의 노래는 당신에게서 옵니다.
우리는 산과 같으니
우리 안의 메아리는 당신에게서 옵니다.

우리는 승리하거나 패배하는
체스판의 말들과 같으니
우리의 승리나 패배도 당신에게서 옵니다.
오 기품 있는 당신!

우리 영혼들의 영혼이신 당신
우리가 당신을 벗어나면
존재로서 무엇이 남겠습니까?

우리의 존재란 진정한 실체가 없으니
가장 높은 당신이

여기 허물어져가는 것에 나타나십니다.

우리는 모두 사자들,
깃발 위에 그려진 사자들이니
바람에 따라 매 순간 달려 나가는 듯 보입니다.

달려 나가는 모습은 보이지만
바람은 보이지 않으니
보이지 않아도 잘못되는 일은 없습니다.

바람이 있어 우리가 움직이니
우리 존재는 당신의 선물입니다.
우리 모두는 그대에게서 불어온 존재입니다.

감사

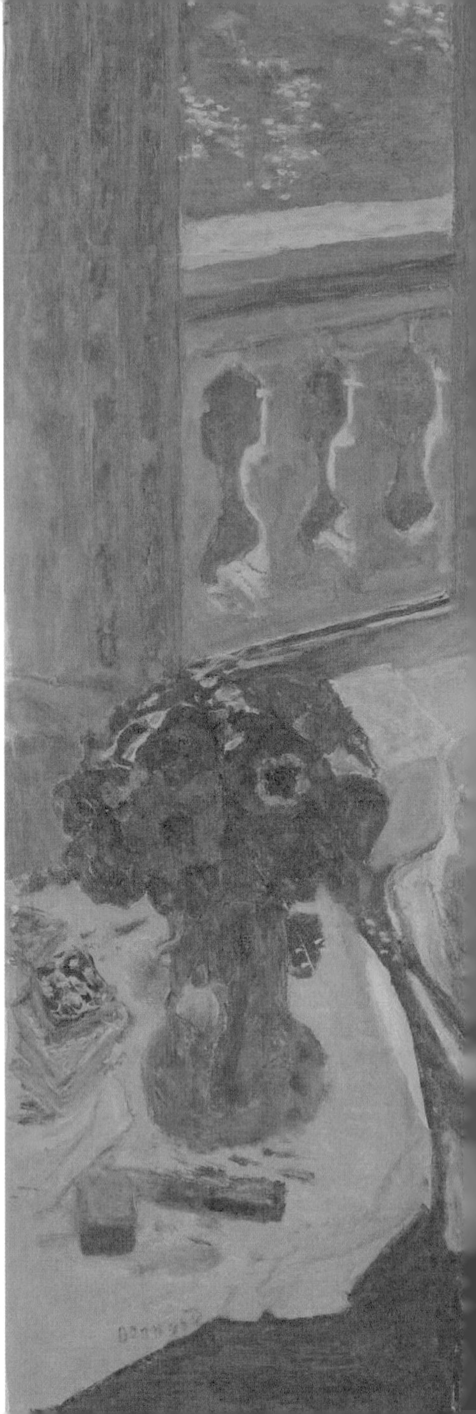

Pierre Bonnard — The Bowl of Milk

희망

우리는 이 망토를 가난한
사람에게 돌려주어야 합니다.
이 망토는 우리보다 더 가난한
사람을 만날 때까지 우리가 빌린 것입니다.

— 젤라노의 토마스

살아간다는 것, 생활한다는 것이야말로

최고의 예술이다.

간소한 생활을 할 마음을 먹는다면

그대는 진정한 즐거움을 알 수 있다.

절망하지 말자.

인간이란 가능성의 바다에 뜬 섬이다.

— 헨리 데이비드 소로

창가에 서면 나는 크게 숨을 쉰다. 이내 편안해진다. 햇빛 속에서 언젠가 잊었거나 잃어버린 무언가 돌아오는 느낌이다. 해를 향해 싹이 트고, 가지가 뻗듯이 빛은 삶에 의미와 방향을 준다. 생의 목표를 다시 정하고, 새롭게 빛을 더하라.
사랑과 물질을 함께 나누지 않고는 이 세상에 희망은 없다. 힘도 물질도 독차지하면 반드시 어디선가 깨지고 다치게 하는 그 무언가가 생긴다. 내 안에 갇힌 나를 열어 내 마음을 더 넓게 만든다.
누군가 내게 던져준 따스한 미소와 섬세한 배려심에서 나는 살아가는 희망을 느끼곤 한다. 또한 희망은 깊이 사랑하고 사랑받는 마음결에서 아지랑이처럼 피어난다. 낯선 곳에서 멋진 풍경과 새로운 사람들과 마주하면 신선한 자극을 받는다. 멋진 그림과 역사적 유물을 봐도 다시 태어나는 기운과 영감을 받고, 마음의 안정을 얻는다. 그 안정과 평화 속에서 또한 희망을 맛본다. 자꾸 사람의 눈으로만 보면 시야가 좁아진다. 사람 너머의 시선에서 보면, 재난과 고난 속에서 놀라운 축복과 사랑이 숨어져 있다. 그 희망으로 가슴이 설렐 때 참 많은 것이 그리워진다. 그 그리움을 안고 자신을 살리는 쪽으로 삶의 뜻과 방향을 향하게 하라. 나는 기도한다. 기도함으로써 신성함과 이어진다. 신성함 속에서는 혼자 있어도 혼자가 아니다. 혼자라서 뭐든 이룰 수 있으며, 혼자 있어도 가득한 신적 사랑의 향기는 세상 속으로 퍼져간다.

가라앉지 말고 떠 있으세요

마사 메리 마고

살아가다 보면
끈기 있게 버티기 어려울 때가 있죠
고생스럽거나 두려울 때도 있고
피곤하고 아프고 화가 날 때나
몹시 실망할 때도 있죠

당신은 건너야 할 넓은 물 위를
다 밟고 싶지 않을 때가 있을 거예요
모든 것을 포기하고
빠져버리고 싶을 때가 있을 거예요
물을 마시며 허우적거리게 되더라도

하지만 참고 견디세요
가라앉지 말고 떠 있으세요
기다리면 모든 게 좋아질 거예요

그것은 당신 자신이

사정을 좋게 만들 수 있는

그런 사람이기 때문이에요

아침의 릴레이

다니카와 슌타로

캄차카의 젊은이가
기린 꿈을 꾸고 있을 때
멕시코의 아낙네는
아침 안개 속에서 버스를 기다리고 있다

뉴욕의 소녀가
침대 위에서 뒤척이며 미소 지을 때
로마의 소년은
머리맡을 물들이는 아침 햇살에 윙크한다

이 지구에서는
언제 어디서나 아침이 시작된다
우리는 아침을 릴레이하는 것이다
가볍게 가볍게
그렇게 번갈아 가며 지구를 지킨다

잠들기 전 잠시 귀를 기울이면
어느 먼 곳에서 자명종이 울린다

그것은 당신이 보낸 아침을
누군가가 꼭 움켜쥐었다는 증거다

너무 작은 마음

장루슬로

조그만 바람이 말했어
나는 자라서 숲을 잠재우고
추워하는 사람들한테
나무를 가져다줄 거야

조그만 바람이 말했어
나는 자라서 배고픈 사람들을
먹여 살릴 거야

그 뒤로 무심한 듯
비가 내려 바람을 쓰러뜨렸고
빵은 젖어버렸어
모든 게 옛날 그대로였지

가난한 사람들은 여전히
춥고 배고팠어

하지만 나는 그걸 믿지 않아

만일 빵이 모자라고 날이 춥다면

등에 혹이 하나밖에 없는 낙타처럼

사람들의 마음이 너무너무 작기 때문일 거야

격려

볼프 비어만

이 모진 시대에
그대, 무감각해지지 말아
굳어버린 사람들은 부서지고
날카로운 사람들은 찌르지만
그리고 바로 꺾여버리지

이 비참한 시대에
그대, 스스로 비참해지지 말아
왕을 뒤흔들어라
창살에 몸을 숨겨라
그렇지만 그대 고통 앞에 앉지는 말라

이 경악의 시대에
그대, 너무 놀라지 말아
그것이 저들의 목적이지
큰 싸움이 시작되기도 전에

우리가 무기를 드는 것을

그대, 힘을 다 써버리지 말아
그대의 시대를 그대가 쓰라
숨을 필요는 없어
그대는 우리를 필요로 하고
우리도 그대의 명랑함을 필요로 한다

이 침묵의 시대에
우리는 침묵하지 않으려 해
나뭇가지에서는 초록빛이 터져나온다
우리는 그걸 모두에게 보이려 해
그러면 사람들도 알게 되겠지

바람

보리스 파스테르나크

나는 죽었지만 너는 여전히 살아 있다.
바람은 하소연하며 울부짖으며
숲과 오두막집을 뒤흔든다.
한 그루의 소나무가 아니라
모든 나무를 한꺼번에.

아주 끝없이 먼 곳에서부터
마치 어느 배 닿는 포구의
겨울 같은 수면 위에 떠 있는
돛단배를 흔들듯

따라서 이 바람은 무의미한 허세나
목적 없는 분노에서 불어오는 것이 아니다.
깊은 슬픔 속에서
너를 위한 자장가의 노랫말을
찾으려는 것이다.

Abbott Handerson Thayer —Winged Figure

내가 가진 것들

권터 아이히

이것은 나의 모자, 이것은 나의 외투,
여기 아마포로 만든 주머니 속엔
나의 면도기.

이 양철통은
내 접시, 내 술잔이다.
나는 이 하얀 깡통에
이름을 새겼다.

탐욕스런 눈들을 피해
몰래 숨겨둔 이 소중한 못으로
새겨 넣었다.

빵주머니 안에는
양말 한 켤레와, 내가
그 누구에게도 보여주지 않았던 물건

몇 개가 더 있다.

밤이면 그것은 내 머리를
받쳐주는 베개가 된다.
여기 있는 마분지를
바닥에 깔고.

내가 가장 좋아하는
이 연필심. 이것으로
밤에 생각한 시 몇 줄을
낮에 쓴다.

이것은 나의 공책,
이것은 나의 천막,
이것은 나의 손수건,
이것은 나의 실과 바늘이다.

사람에게 묻는다

휴틴

땅에게 물었다.
땅은 땅과 어떻게 사는가?
땅이 대답하기를,
우리는 서로 존경합니다.

물에게 물었다.
물은 물과 어떻게 사는가?
물이 대답하기를,
우리는 서로 채워줍니다.

사람에게 묻기를,
사람은 사람과 어떻게 사는가?
사람은 무엇으로 사는가?
스스로 한 번 대답해보라.

Pierre Bonnard — Landscape Through a Window

당신은 어느 쪽?

엘라 휠러 윌콕스

세상엔 두 부류의 사람이 있죠.
두 부류의 사람밖에 없어요.

죄인과 성자는 아니에요.
잘 아시다시피
좋은 이에게도 나쁜 점이,
나쁜 이에게도
착한 구석이 있으니까.

부자와 가난뱅이도 아니죠.
재산을 평가하려면
몸과 마음도 건강한지
알아야 하니까요.

겸손한 사람과 거만한 사람도 아니에요.
짧은 인생에서

빼기면서 사는 사람을
어찌 사랑하며 산다 하겠어요.

행복한 사람과 불행한 사람도 아니에요.
흐르는 물처럼 살다 보면
저마다 웃을 때도 있고
눈물을 흘릴 때도 있잖아요.

아니죠. 내가 말하는 두 부류란
짐을 덜어주는 사람과
짐을 지우는 사람입니다.

당신은 어딜 가든 보게 될 거예요,
사람들은
늘 이 두 부류로 나눠진다는 걸.

또 기이한 일이지만,
짐 지우는 사람이 스물이라면
짐 덜어주는 사람은 한 사람뿐.

당신은 어느 쪽이죠?
무거운 짐을 지고 있지만
힘든 길을 가는 이의 짐을
덜어주는 사람인가요?

아니면 짐을 지우는 사람인가요? 아니면
당신은 남에게 당신 몫을 짐 지우고
걱정과 근심을 끼치는 사람인가요?

Pierre Bonnard — The Window

풀잎 부분

월트 휘트먼

한 아이가 두 손 가득
풀을 쥔 손을 내밀며
"풀이란 뭐죠?"하고 물었습니다.

내가 어찌 대답할 수 있었을까요?

풀이 무언지
그 아이처럼
나도 알지 못했으니까요.

아마 그건 휘날리는 푸른 희망,
생명의 천으로 짠 깃발이 아닐까요?

아니면 신의 손수건인지도 모르지요.
일부러 떨어뜨린 향기로운 선물이자 징표,
한쪽 구석에 자신의 이름을 적어

누구의 것인가를 알아볼 수 있도록
만들어 놓은 손수건 말이에요.

아니면 풀이란 바로 어린아이가 아닐까요?
식물에서 태어난 어린아이 말이에요.